Amour-des-Femmes

Rudyard Kipling

Amour-des-Femmes

Traduit par Louis Fabulat et Robert d'Humières

Editions le Mono
Collection *Les Grands Auteurs*

L'horreur la confusion, le meurtrier isolé de ses camarades, tout cela était fini avant mon arrivée. Il ne restait, dans la cour du quartier, que du sang d'homme par terre, qui criait du sol. Le chaud soleil l'avait réduit à une pellicule noirâtre, pas plus épaisse qu'une feuille d'or battu, qui se craquelait en losange, sous la chaleur ; et, comme le vent se levait, chaque losange, se soulevant un peu, frisait aux bords comme une langue muette. Puis une rafale plus forte balaya tout en grains de poussière sombre. Il faisait trop chaud pour rester au soleil avant l'heure du déjeuner. Les hommes étaient dans les casernes, en train de causer de l'affaire. Dans le quartier des ménages, un groupe de femmes de soldats stationnait à l'une des entrées, tandis qu'à l'intérieur une voix de folie s'étranglait en vilains mots orduriers.

Un sergent tranquille, de conduite irréprochable, venait d'abattre d'un coup de feu, en plein jour, juste après l'exercice du matin, un de ses propres caporaux, puis était rentré dans sa chambre et s'était assis sur un lit, en attendant que la garde vînt le chercher. Il s'ensuivait qu'on le traduirait en temps voulu devant le Conseil de Guerre pour le procès. En outre, mais c'est là plus qu'on n'eût pu lui demander de prévoir dans son plan de vengeance, il allait affreusement bouleverser mon travail ; car le compte rendu de la cause devait m'échoir, sans recours. Ce qu'il serait, ce procès, je le savais d'avance jusqu'à la lassitude. Il y aurait le fusil qu'on aurait pris soin de ne pas nettoyer, souillé de taches au canon et à la culasse, sur lequel viendraient prêter serment une demi-douzaine de témoins militaires et superflus ; il y aurait la chaleur, la buée étouffante, qui font glisser et chavirer le crayon humide entre les doigts ; et le punkah ferait son bruit monotone, et les plaideurs jacasseraient sous les verandahs, et le capitaine de l'accusé apporterait des certificats de moralité à l'actif du prisonnier, tandis que le jury soufflerait et que les effets de toiles des témoins jetteraient une odeur de teinture et de potasse. Puis, quelque abject balayeur de chambrée perdrait la tête au cours de l'interrogatoire, et le jeune avocat, qui plaide toujours les causes militaires en vue du crédit qu'elles ne lui apportent jamais, dirait et ferait des choses étonnantes, après quoi il s'en prendrait à moi de n'avoir pas transcrit ses paroles avec exactitude. Enfin, car on ne le pendrait certainement pas, je retrouverais peut-être l'accusé, en train de quadriller des bordereaux en blanc dans la prison Centrale, et lui relèverais le moral avec l'espoir d'une place de chiourme aux Andamans[1].

Le code pénal indien et ses interprètes ne traitent pas le meurtre en plaisanterie, à quelque provocation qu'ait obéi le meurtrier. Le sergent Raines, à mon avis, aurait beaucoup de chance s'il s'en tirait avec sept ans. Il avait passé la nuit entière à cuver l'injure, et tué son homme à vingt mètres avant aucun échange de paroles possible. J'en savais assez là-dessus. À moins donc qu'on ne fit un brin de toilette à la cause, sept ans seraient le maximum ; et, à mon idée, il se trouverait excessivement à propos pour le sergent Raines de s'être fait aimer dans sa compagnie.

Ce même soir — il n'y a pas de jour plus long que le jour d'un meurtre — je rencontrai

---

[1]Les îles Andamans servent de lieu de déportation aux condamnés de la justice anglo-indienne.

Ortheris avec les chiens, et il entra de suite, avec un air de défi, dans le vif du sujet.

— Je serai témoin, dit-il. J'étais sous la verandah quand Mackie est arrivé. Il venait de chez Mrs. Raines. Quigley, Parson et Trot, ils étaient, eux, dans l'autre verandah ; ils n'ont rien pu entendre. Le sergent Raines me parlait sous la verandah et voilà Mackie, qui s'amène dans la cour et qui dit : « Eh bien, » qu'il dit, « il tient encore, votre casque, sergent ? »

En entendant ça, voilà Raines qui reprend sa respiration et qui dit : « Nom de Dieu, j'peux pas souffrir ça ! » qu'il dit, et il attrape mon fusil et tue Mackie. Compris ?

— Mais qu'est-ce que vous faisiez avec votre fusil sous la verandah extérieure, une heure après l'exercice ?

— Nettoyage, dit Ortheris, en me fixant du regard de plomb, opaque et intraitable dont il accompagnait ses mensonges de choix.

Il aurait tout aussi bien pu dire qu'il dansait tout nu, car en aucun temps son fusil n'avait réclamé curette ou chiffon vingt minutes après l'exercice. Le Conseil, toutefois, ignorerait sa routine.

— Et vous allez vous tenir à cela... sur le Livre ? demandai-je.

— Oui. Comme une sacrée sangsue.

— Très bien, je n'ai pas besoin d'en savoir plus long. Rappelez-vous seulement que Quigley, Parson et Trot n'ont pas pu se trouver où vous dites sans entendre quelque chose ; et que, pour sûr, il devait y avoir, à ce moment, dans la cour quelque balayeur du quartier à se promener, par là. Il y en a toujours.

— Ce n'était pas le balayeur. C'était le *beastie*[2]. Il est sûr.

Ainsi, j'acquis l'assurance d'ingénieux tripotages en perspective, et je plaignis l'avocat du gouvernement qui dirigerait la poursuite.

À l'ouverture du procès, je le plaignis davantage, toujours prompt qu'il était à perdre son sang-froid et à traiter en affaire personnelle chaque cause perdue. Le jeune avocat de Raines avait, pour une fois, mis de côté sa passion inassouvie et Wellingesque pour les alibis et la folie, abjuré la gymnastique et les feux d'artifice, et travaillé sérieusement pour son client. Dieu merci, la saison chaude n'était qu'à son début, et il n'y avait pas eu encore de cas flagrants de fusillade dans les casernes ; en outre le jury était passable, même pour un jury de l'Inde, où neuf membres au moins sur douze

---

[2] Ortheris veut dire le *bishti*, porteur d'eau indigène

ont l'habitude de peser les témoignages. Ortheris tint bon sans se laisser ébranler par les contre-interrogatoires. Le seul point faible de son histoire — la présence du fusil sous la verandah extérieure — passa sans peine au crible de la sagesse civile, bien que, parmi les témoins, quelques-uns ne pussent s'empêcher de sourire. L'avocat du Gouvernement réclama la potence, en soutenant jusqu'au bout la question de meurtre prémédité. Un laps suffisant avait permis, soutenait-il, les réflexions qui se présentent si naturellement à un homme dont l'honneur est perdu. Il y avait aussi la loi, toujours prête, en son désir de réparer les torts dont le soldat a pu souffrir, si tant est que des torts aient existé jamais. Mais il doutait grandement qu'il y eût des torts en suffisance. Des soupçons sans cause, couvés depuis trop longtemps, avaient mené, suivant sa théorie, au crime délibéré. Mais ses tentatives pour atténuer le motif avortèrent. Le témoin le plus étranger à l'affaire connaissait — avait connu depuis des semaines — les griefs de l'inculpé ; et celui-ci, qui naturellement avait été le dernier de tous à savoir, gémissait sur son banc à entendre ces choses. La vraie question autour de laquelle tournait le procès était de savoir si Raines avait ou non tiré sous l'impulsion aveugle et soudaine d'une provocation essuyée le matin même ; or, au résumé des témoignages, il parut clair que celui d'Ortheris avait porté juste. Il avait imaginé, par un raffinement d'art, de suggérer que, personnellement, il détestait le sergent, lequel était venu sous la verandah lui administrer une semonce pour insubordination. Dans un moment de faiblesse, l'avocat du Gouvernement posa une question de trop.

— Faites excuse, Monsieur, répliqua Ortheris, il m'appelait « sacré petit avoué de malheur ».

La Cour pouffa. Le jury rapporta un verdict de culpabilité, mais avec toutes les circonstances atténuantes du ciel et de la terre, et le président porta sa main à son front avant de rendre la sentence ; et, dans la gorge de l'accusé, on voyait descendre et monter sa pomme d'Adam, comme le mercure pompe avant un cyclone.

En considération de tous les considérants, depuis le certificat de bonne conduite délivré par son capitaine, jusqu'à la perte assurée de sa pension, son grade et son honneur, l'accusé était condamné à deux ans, à faire dans l'Inde, et… on était prié de s'abstenir de manifester devant la Cour. L'avocat du Gouvernement fronça les sourcils et ramassa ses papiers, la garde fit demi-tour avec un cliquetis d'armes, et l'accusé, abandonné au bras séculier, fut ramené à la prison dans une ticca-gharri[3] démolie.

Sa garde et quelque dix ou douze témoins militaires d'importance moindre reçurent l'ordre d'attendre jusqu'à ce qu'on appelle officiellement la fraîcheur du soir pour retourner à leurs cantonnements. Ils s'assemblèrent dans une des verandahs en briques du rouge sombre d'un violon hors d'usage, et félicitèrent Ortheris qui portait avec modestie les honneurs de la journée. J'envoyai mes notes à la rédaction et les rejoignis. Ortheris regardait l'avocat du Gouvernement s'éloigner en voiture pour aller déjeuner.

— En voilà un sale petit boucher, avec son caillou chauve, dit-il. Il ne me revient pas. Il a

---

[3] Sorte de voiture de place

un *colley*[4], n'empêche, qui ferait l'affaire. Je remonte à Murree dans une semaine. Ce cabot-là me rapportera quinze roupies n'importe où.

— Tu feras bien de te faire dire des messes avec, dit Térence en débouclant son ceinturon.

Il avait fait partie de la garde du prévenu, au garde-à-vous et casque en tête depuis trois longues heures.

— Pas moi, dit Ortheris avec bonne humeur. Dieu les portera un de ces jours à la masse de la deuxième pour détérioration de locaux. Tu as l'air vanné, Térence.

— Ma foi, on n'est plus jeune comme on était. Ce montage de garde là, ça vous use la plante des pieds, et ici — il renifla avec mépris les briques de la verandah — on est aussi mal assis que debout !

_____

[4] Chien écossais.

— Attendez une minute. Je vais chercher les coussins de ma charrette, dis-je.

— Mince de sofa ! On se la coule, dit Ortheris, comme Térence s'affalait en trois temps sur les coussins de cuir, en disant avec grâce :

— Que le bon Dieu ne vous refuse jamais un bon coin où que vous alliez, ni l'avantage de le partager avec un ami. Un autre pour vous ? Voilà qui est bien. Je peux m'asseoir en long là-dessus. Stanley, passe-moi une pipe. Augrrh ! Et voilà encore un homme fichu à cause d'une femme. J'ai bien dû être de garde à quarante ou cinquante conseils, l'un dans l'autre, et ça me dégoûte davantage chaque fois.

— Voyons, vous avez été de garde pour Losson, Lancey, Dugard et Stebbing, autant que je me rappelle, dis-je.

— Oui, et avant, et encore avant — pour des douzaines d'autres, répondit-il avec un sourire blasé. Tout de même, il vaut encore mieux mourir que vivre pour elles. Quand Raines sortira de là — il change de tenue en ce moment à la prison — il pensera de même. Il aurait dû se tuer, et la femme avec, comme de juste. Il n'y a que les bons comptes… Voilà qu'il a laissé la femme — elle prenait le thé avec Dinah encore dimanche passé — et qu'il s'est laissé aussi. C'est Mackie, le veinard.

— Il est probable qu'il a chaud, là où il est, risquai-je, car je savais quelque chose des exploits du défunt caporal.

— Pour sûr, dit Térence[5], en crachant par-dessus le bord de la verandah. Mais, ce qu'il

---

[5] Térence Mulvaney, un des héros de *Soldiers three*, avec Ortheris, est Irlandais et catholique. Ortheris parle l'argot du cockney londonien

écope là-bas n'est que petit fourbi de campagne auprès de ce qu'il aurait eu ici, s'il avait vécu.

— Sûrement non. Il aurait continué et oublié… comme les autres.

— Connaissiez-vous bien Mackie, Monsieur ? dit Térence.

— Il était de la garde d'honneur à Pattiala, l'hiver dernier ; j'ai passé une journée à la chasse avec lui en *ekka*[6], et j'ai trouvé que c'était plutôt un garçon amusant.

— Le voilà bouclé pour les amusements, sauf ce qui est de se tourner du côté droit sur le gauche, d'ici à quelques années. Je connaissais Mackie, et j'en ai trop vu d'autres pour me tromper sur un homme. Il aurait pu continuer et oublier, comme vous dites, Monsieur, mais c'était un homme qui avait de l'éducation, et il s'en servait pour ses coups ; et cette éducation,

---

[6] Voiture indigène à deux roues

le beau langage, et tout ça qui lui donnait moyen de faire ce qu'il voulait d'une femme, tout ça, en fin de compte, ça se serait tourné contre lui pour le déchirer tout vif. Je ne peux pas dire ce que je voudrais parce que je ne sais pas comment, mais Mackie, c'était vivant et craché le portrait d'un homme à qui j'ai vu tirer les mêmes étapes, à la dernière près, et, qu'il n'ait pas fini comme Mackie, ça fut tant pis pour lui. Attendez un peu que je me rappelle maintenant. C'était quand j'étais dans le *Black Tyrone*[7], on nous l'expédia de Portsmouth ; et quel était donc son failli nom ?... C'était Larry... Larry Tighe ; et un du même détachement raconta que c'était un *gentleman-ranker*[8], sur quoi Larry l'empoigna et le tua aux trois quarts pour lui apprendre. Et c'était un grand gars, un fort gars, un beau gars, et tout ça

---

[7] Régiment irlandais
[8] Engagé de bonne famille, généralement sous un faux nom

pèse son poids avec quelques femmes ; mais, à les prendre en masse, pas avec toutes.

Pourtant, c'était à toutes que Larry s'en prenait — à toutes — car il pouvait mettre le grappin sur n'importe quelle femme entre celles qui foulent la terre verte de Dieu, et il le savait. Comme Mackie en train de rôtir maintenant, il le savait, et jamais il ne mettait le grappin sur aucune femme, sauf et sinon pour la honte noire. Ce n'est pas moi qui devrais parler, Dieu sait, Dieu sait ; n'importe, dans mes... mésalliances, il n'y a jamais eu que pure diablerie, et c'est rudement fâché que j'étais, quand il s'en est suivi du mal. C'est pourquoi bien des fois, avec une fille, et avec une femme aussi, quand j'ai vu dans ses yeux qu'il y avait plus de grabuge en train que mes paroles n'auraient voulu faire, j'ai enrayé, tout planté là, pour l'amour de la mère qui m'a porté. Mais

Larry, je pense, avait bu le lait d'une diablesse, car il n'en laissa jamais aller une du jour où, pour son malheur, elle l'avait écouté. C'était son affaire dans la vie, comme de monter la garde pour d'autres. Bon soldat avec ça. Il y a eu la gouvernante du colonel — et lui, simple troupier ! — jamais on n'avait dit un mot sur elle, au quartier ; et une des bonnes du major, qui était promise à un homme ; et quelques-unes encore, en ville ; quant à ce qui se passait chez nous autres, nous ne le saurons jamais jusqu'au jugement dernier. C'était son goût, à la rosse, de mettre le grappin sur les meilleures dans le tas — pas les plus jolies, tant s'en faut — mais ces sortes de femmes dont on jurerait, la main sur le Livre, qu'il ne leur est jamais venu en tête une idée seulement de faire des bêtises. Et c'est la raison, remarquez bien, pourquoi il ne fut jamais pincé. Il faillit, une ou deux fois, mais ça n'alla jamais jusqu'au bout, et il lui en coûta plus cher à la fin qu'au commencement.

Il causait avec moi plus souvent qu'avec les autres, parce que, disait-il, n'était l'accident de mon éducation, j'aurais été la même espèce de diable que lui : « est-il probable, qu'il disait, avec sa manière de porter haut la tête, est-il probable que je me fasse jamais prendre ? Qu'est-ce que je suis, à la fin du compte ? Un damné troupier, » qu'il disait. « Et est-il probable, penses-tu, que les gens de ma connaissance voudraient avoir rien à faire avec un simple soldat comme moi ? Avec le numéro dix mille quatre cent sept ? » qu'il disait en ricanant. Je voyais bien, à sa façon de dire les choses, quand il ne faisait pas exprès de parler troupier, que c'était un monsieur.

« J'y comprends rien du tout, » que je dis ; « mais je sais que c'est le diable en personne que tu as dans les yeux, et je ne marche pas pour ces affaires-là. Un brin de blague, histoire de rire, là où ça ne peut faire de mal à personne, c'est bel et bien, Larry, mais je me trompe fort si c'est l'histoire de rire pour toi, » que je dis.

« Tu te trompes très fort, » qu'il dit. « Et je te conseille de ne pas juger les gens qui valent mieux que toi.

« Mieux que moi ! » que je dis. « Dieu t'aide, Larry. Il n'y a, en tout ça, ni mieux ni meilleur ; c'est tout mauvais, tu t'en apercevras pour ton compte. »

« Tu n'es pas comme moi, » qu'il disait en secouant la tête.

« Les saints en soient loués, » que je dis. « Ce que j'ai fait est fait, et j'en ai eu de la peine, je le jure bien. Quand le moment viendra pour toi, tu te rappelleras ce que je dis. »

« Quand ce moment arrivera, je viendrai te trouver pour les consolations de l'âme, Révérend Père Térence. »

Et, là-dessus, il s'en allait à quelque autre manigance du diable — histoire d'accroître son expérience, comme il disait. Il était mauvais — mauvais jusqu'aux moelles — mauvais comme tout l'Enfer ! La nature ne m'a pas bâti pour avoir peur d'aucun homme ; mais, par Dieu, j'avais peur de Larry. Il arrivait à la chambre, le bonnet sur trois cheveux, se couchait sur son cadre et regardait le plafond, et, de temps à autre, il faisait un petit rire, comme un caillou qu'on jette au fond d'un puits, et, à cela, je connaissais qu'il méditait un nouveau coup, et j'avais peur. Tout cela se passait, il y a longtemps, longtemps, mais ça me fit marcher droit — pour un temps, au moins.

— Je vous ai dit, n'est-ce pas, Monsieur, que je fus amené, par persuasion et caresses, à quitter le Tyrone à cause d'un ennui ?

— Quelque chose concernant un ceinturon et la tête d'un homme, est-ce cela ?

Térence n'avait jamais raconté toute l'histoire.

— C'est ça même. Ma parole, chaque fois que je suis de garde au Conseil de Guerre pour un autre, je me demande pourquoi je n'ai pas été un jour à sa place. Mais mon homme, à moi, joua partie franche et eut le bon sens de ne pas mourir. Pensez à tout ce que l'armée aurait perdu, s'il s'était laissé glisser ! On me supplia de permuter, et mon capitaine fit une démarche auprès de moi. Je partis pour ne pas le désobliger, et Larry me dit qu'il regrettait rudement de me perdre — ce que j'avais fait pourtant pour lui donner des regrets, je ne m'en doute guère. C'est ainsi que j'entrai au Vieux Régiment, en laissant Larry s'en aller au diable de son côté, et ne m'attendant plus à le revoir, sauf à quelque conseil pour coup de fusil en caserne... Qui est-ce là-bas qui sort du *compound*[9] ?

L'œil prompt de Térence avait aperçu un uniforme blanc qui se défilait derrière la haie.

— Le sergent est parti en ronde, dit une voix.

— Alors, c'est moi qui commande ici, et je n'entends pas qu'on fiche le camp au bazar, pour être obligé d'aller vous chercher avec une patrouille à minuit. Nalson, je sais que c'est toi, reviens sous la verandah.

Nalson, découvert, revint en maugréant vers ses camarades. Il s'éleva un murmure qui

---

[9] Enclos de maison isolée

s'éteignit au bout d'une minute ou deux, et Térence, changeant de côté, continua :

— Ce fut la dernière fois que je vis Larry, du moins pour un moment. Les permutations, c'est comme la mort pour ce qui est de ne plus penser aux gens, sans compter que j'épousai Dinah, ce qui m'empêcha de me rappeler le temps passé. Puis nous partîmes en campagne, et ça me déchirait le cœur de laisser Dinah au Dépôt à Pindi. Conséquemment, une fois au feu, je me battis circonspectueusement, jusqu'à ce que je m'échauffe, et alors j'y allai deux fois plus dur. Vous vous rappelez ce que je vous ai raconté à la porte du quartier, sur la bataille de Silver's Theatre ?

— Qui est-ce qui parle de Silver's Theatre ? dit vivement Ortheris par-dessus son épaule.

— Personne, petit homme. C'est une histoire que tu connais. Comme je le disais, après le combat, nous autres du Vieux Régiment et ceux de Tyrone on était tous mélangés ensemble à faire le compte des morts, et, comme de juste, j'allais de-ci de-là voir si je retrouverais quelqu'un qui se souviendrait de moi. Le second homme que je rencontre — et comment je ne l'avais pas vu pendant l'affaire, du diable si je le sais — c'était Larry, toujours beau garçon, mais plus vieux, par la raison du motif. « Larry, » que je dis, « comment va ? » « Tu te trompes de nom, » qu'il me dit, avec son sourire de monsieur. « Larry est mort depuis ces trois années. On l'appelle Amour-des-femmes maintenant », qu'il dit.

Je vis, par là, que la vieille folie le tenait encore, mais le soir d'un combat ça n'est guère le moment pour se confesser, et on s'assit tous deux, affaire de reparler de l'ancien temps.

« On me dit que tu es marié, » qu'il dit en fumant sa pipe à petites bouffées. « Es-tu heureux ? »

« Je le serai, une fois de retour au Dépôt. C'est une drôle de lune de miel. Je n'ai poussé qu'une reconnaissance. »

« Je suis marié aussi, » qu'il dit, en soufflant à bouffées de plus en plus ralenties, le bout du doigt sur le fourneau de la pipe.

« Mes souhaits de bonheur, » que je dis.

C'est la meilleure nouvelle que j'aie apprise depuis longtemps.

« Crois-tu ? » qu'il dit ; — et alors, il se mit à parler de Silver's Theatre, et il réclamait déjà de la besogne. J'étais content pour ma part de rester par terre à écouter chanter les couvercles des marmites.

Quand il se releva, il chancela un peu et se pencha tout tordu.

« Tu as écopé plus que ton compte, » que je lui dis. « Fais l'inventaire, Larry. Tu dois être blessé. »

Il fait demi-tour, raide comme une baguette de fusil, et se met à me damner du haut en bas et à me traiter de singe malappris à gueule d'Irlandais. Si c'avait été au quartier, je le dégringolais sur place ; un point, c'est tout ; mais c'était devant l'ennemi, et après une bataille comme celle de Silver's Theatre, je savais qu'il n'y avait pas à demander compte à un homme de son humeur. Il aurait aussi bien pu m'embrasser. Dans la suite, je fus bien content d'avoir gardé mes poings dans le rang. Alors, voilà notre capitaine Crook — Cruik-na-bulleen[10] — qui arrive. Il venait de causer au

---

[10] Sobriquet irlandais, textuellement : Crook-aux-garçons

petit gosse d'officier du Tyrone. « Nous sommes tous hachés menu comme paille, » qu'il dit, « mais les Tyrones sont salement à court de sous-offs. Allez-vous-en chez eux, Mulvaney, et faites le sergent, le caporal, le fourrier, tout ce que vous pourrez mettre la main dessus jusqu'à ce que je vous dise halte. »

Je passai au Tyrone et pris le commandement. Il ne restait qu'un sergent valide, et on ne faisait pas attention à lui. Le reste, c'était moi, et il était grand temps que j'arrive. Je parlai aux uns, je ne dis rien aux autres, mais, nom de Dieu, avant la nuit, les gars du Tyrone se mettaient au garde à vous, pour peu que ma pipe chante plus fort. Entre vous, moi et Bobs[11], je commandais la compagnie, et c'est pour ça que Crook m'avait mis là ; et le gosse d'officier le savait, et moi je

---

[11] Lord Roberts

le savais, mais la compagnie ne le savait pas. Et c'est là, notez bien, qu'on voit à l'œuvre ce mérite qui ne s'achète pour or ni pour trimage — le mérite du vieux soldat qui connaît l'ouvrage de son chef et s'en tire, pour lui, au doigt et à l'œil.

Puis, le Tyrone avec le Vieux Régiment accolés furent envoyés rôder et marauder dans les montagnes contiguës et désavantageuses. C'est une idée à moi qu'un général ne sait pas, la moitié du temps, quoi faire des trois quarts de son commandement. C'est pourquoi il s'accroupit sur son derrière et leur donne l'ordre de courir en rond autour de lui, pendant qu'il réfléchit. Quand, par l'opération de la nature, ils se font attirer dans quelque gros combat, sans l'avoir cherché du reste, il dit : « Pigez la supériorité de mon génie. Voilà où je voulais en venir. » On courut donc, en rond, en cercle et en travers, et tout ce qu'on y gagna ce fut de se faire canarder la nuit sous les tentes, d'emporter des *sungars*[12] vides la broche au bout du canon, et d'attraper des coups tirés de derrière les rochers, si bien qu'à la fin personne n'en pouvait plus — personne, sauf Amour-des-femmes. Ce métier de chien fouetté, pour lui, c'était manger et boire. Vingt dieux, il n'en avait jamais assez ! Moi qui savais bien que ce sont justement ces campagnes abrutissantes qui vous tuent vos meilleurs troupiers, et soupçonnant que, si je claquais, le gosse perdrait tous ses hommes en tâchant de sortir de là, je me couchais bien tranquille ; quand j'entendais un coup de fusil, je ramassais mes longues jambes derrière un caillou et détalais comme un zèbre en terrain découvert. Par Dieu, si j'ai conduit une fois le Tyrone en retraite, je

---

[12] Enceinte palissadée

l'ai conduit quarante ; Amour-des-femmes, lui, restait à tirer et tirailler derrière un rocher, attendant le moment où le feu chauffait plus ferme : alors, il se levait et tirait à hauteur d'homme. Il restait dehors aussi dans le camp, la nuit, à viser à toutes les ombres, car il ne prenait jamais une bouchée de sommeil. Mon officier — Dieu sauve sa petite âme ! — ne se rendait pas compte de la beauté de mes stratagèmes, et quand le Vieux Régiment nous croisait, ce qui arrivait une fois par semaine, il se trottait vers Crook, avec ses grands yeux bleus tout ronds, comme des soucoupes, et portait plainte contre moi. Je les entendis, une fois, causer à travers la toile de la tente, et je faillis rire ou presque.

« Il se sauve — il se sauve comme un lièvre, » disait le gosse. « C'est démoralisant pour mes hommes. »

« Sacré petit idiot que vous faites, » dit Crook en riant. « Il vous apprend votre métier. Avez-vous eu déjà une surprise, la nuit ? »

« Non, » dit cet enfant qui le regrettait fort.

« Avez-vous des blessés ? » dit Crook.

« Non, » répondit l'autre. « Ils n'en ont pas eu l'occasion. Ils suivent Mulvaney trop vite, » qu'il dit.

« Qu'est-ce que vous voulez de plus, alors ? » dit Crook. « Térence vous dégote, c'est net et clair, » qu'il dit. « Il sait ce que vous ne savez pas, c'est-à-dire qu'il y a temps pour tout. Il ne vous fichera pas dedans, » qu'il dit ; « mais je donnerais un mois de solde pour savoir ce qu'il pense de vous. »

Cela fit taire le gosse, mais Amour-des-femmes me cherchait des raisons pour tout ce que je faisais, et mes manœuvres en particulier.

« M. Mulvaney, » qu'il me dit, un soir, avec un air méprisant, « vous devenez très *jeldy*[13] sur vos pieds. Entre gens du monde, » qu'il dit, « entre gens du monde, cela ne s'appelle pas d'un joli nom. »

« Entre simples soldats, c'est différent, » que je fais. « Retourne à ta tente. Je suis sergent ici. » Il y avait dans ma voix juste ce qu'il fallait pour lui faire comprendre qu'à ce jeu-là il tenait sa vie entre ses dents. Il s'éloigna, et je remarquai que cet homme qui faisait des manières partait, au commandement de marche, avec un mouvement brusque, comme s'il avait reçu un coup de pied par-derrière. Cette même nuit, il y eut un pique-nique de Paythans[14], dans les montagnes à côté, et une fusillade sur nos tentes à réveiller les morts.

---

[13] Vite, en hindoustani
[14] Pathans, tribus de la frontière du Punjab

« Couchez-vous tous, »que je dis, « couchez-vous et restez tranquilles. Ils ne feront que brûler des cartouches. »

J'entendis les pas d'un homme sur le sol, puis un Tini[15] qui se joignait au chœur. J'étais couché au chaud, pensant à Dinah et le reste, mais je sortis avec le clairon pour jeter un coup d'œil en cas de surprise ; le Tini crachait rouge sur le front de bandière et on voyait la hauteur à côté toute piquée d'étincelles par les coups de feu à longue portée. À la lueur des étoiles, j'aperçus Amour-des-femmes sans ceinturon ni casque, assis sur un rocher. Il héla deux ou trois fois, et je l'entendis qui disait : « Il y a longtemps qu'ils devraient avoir la hausse. Ils viseront peut-être au feu. » Puis, il tira de nouveau, ce qui amena une nouvelle salve ; et une flopée de ces longs lingots qu'ils mâchent

---

[15] Fusil Martini-Henry

entre leurs dents arrivèrent en sautant parmi les rochers, comme des crapauds dans la nuit chaude. « Voilà qui est mieux, » dit Amour-des-femmes. « Seigneur ! comme c'est long, comme c'est long ! » qu'il disait.

Et, là-dessus, il flambe une allumette et la lève au-dessus de sa tête.

Je pensais : « Il est fou, fou à lier. » Je fais un pas en avant, et la première chose qui m'arrive, c'est la semelle de mon soulier qui se met à claquer comme un guidon de cavalerie et le petit juif de mes doigts de pied qui me pince tout à coup. C'était un drôle de coup de fusil, bien envoyé — un lingot — qui n'avait éraflé ni chaussette ni peau, mais qui me laissait là, pied nu, sur les rochers. Là-dessus j'empoigne Amour-des-femmes par la peau du cou, je le jette derrière une pierre et à peine assis j'entends les balles qui grêlaient sur le sacré caillou.

« Va-t'en griller ailleurs tes allumettes du diable, » que je dis en le secouant, mais je n'ai pas envie de me faire tuer aussi.

« Tu es venu trop tôt, » qu'il dit. « Tu es venu trop tôt. D'ici une minute, ils ne m'auraient plus manqué. Sainte Mère de Dieu, » qu'il dit, « pourquoi ne les as-tu pas laissés faire ? Maintenant c'est tout à recommencer. » Et il se cache la figure dans les mains.

« Alors, c'est donc ça, » que je dis en le secouant de nouveau, « c'est ça tes raisons de ne pas te conformer aux ordres. »

« Je n'ose pas me tuer moi-même, » qu'il dit en tanguant de droite à gauche. « Mes mains, elles ne sauraient pas ; depuis un mois, pas une balle qui ait voulu de moi. Il me faut mourir à petit feu, qu'il dit. Mourir à petit feu. Mais c'est l'enfer en attendant, » qu'il dit.— Il criait tout haut, comme une femme. « C'est l'enfer ! »

« Dieu nous garde tous ! » que je dis, car je voyais sa figure. « Ça peut-il se raconter ? S'il n'y a personne de tué dans ton histoire, il y a peut-être moyen d'arranger le mal. »

Là-dessus, il se mit à rire.

« Te rappelles-tu ce que je disais dans la chambre du Tyrone, à propos des consolations de l'âme que je viendrais te demander ? Je n'ai pas oublié, » qu'il dit. « Ça m'est revenu. Je suis maintenant au bout de mon rouleau, Térence. J'ai lutté des mois et des mois, mais la boisson même ne veut plus mordre. Térence, » qu'il dit, « je ne peux plus être saoul ! »

Je vis alors qu'il disait vrai en parlant d'enfer, car lorsque la boisson n'a plus de prise, c'est que l'âme de l'homme est pourrie au fond de lui. Mais moi, pour ce que je valais, que pouvais-je lui dire ?

« Des diamants et des perles, » qu'il reprend. « Des diamants et des perles que j'ai jetés des deux mains — et qu'est-ce qui me reste ? Oh ! qu'est-ce qui m'est resté ? »

Il était là à trembler et claquer des dents contre mon épaule, et les lingots chantaient par-dessous nos têtes, et je me demandais si mon gosse, là-bas, aurait assez de bon sens pour faire tenir son monde tranquille, pendant toute cette fusillade.

« Tant que je n'ai pas pensé, » dit Amour-des-femmes, « je n'ai pas vu, je ne voulais pas voir, mais je comprends maintenant tout ce que j'ai perdu. Le moment et l'endroit, les mots mêmes que j'ai dits quand ça fut mon plaisir de m'en aller tout seul à l'enfer… Mais sans ça, même sans ça, » qu'il dit en se tordant à faire peur, « je n'aurais pas été heureux. Il y avait trop de choses derrière moi. Le moyen d'y croire à son serment — moi qui avais violé le mien des dix et cent fois, rien que pour le plaisir de les voir pleurer ? Et il y a les autres, » qu'il dit. « Oh ! que faire — que devenir ? »

Il se balançait toujours d'avant en arrière, et je crois bien qu'il pleurait comme une des femmes dont il avait parlé.

Une bonne moitié de ce qu'il me dit, c'était comme des ordres de brigade pour moi. Mais, d'après le reste, je devinais quelque chose de son mal. C'était le jugement de Dieu qui l'agrippait au talon, comme je l'en avais averti dans la caserne du Tyrone. Les lingots chantaient de plus belle autour de notre rocher, et je dis pour le distraire :

« Chaque mal a son heure, » que je dis. « Ils vont tâcher de prendre le camp d'assaut d'ici une minute. »

Je n'avais pas parlé voilà un Paythan qui s'aboule à plat ventre, son couteau entre les dents, à pas vingt mètres de nous. Amour-des-femmes saute sur ses pieds en gueulant, l'homme le voit et court dessus (il avait laissé son fusil sous le rocher), le couteau en l'air. Amour-des-femmes ne bouge pas d'un cheveu, mais, par le Dieu vivant, vrai comme je l'ai vu, voilà une pierre qui tourne sous le pied du Paythan, et il s'étend de tout son long, pendant que le couteau s'en va dinguer à travers les rochers.

« Je te l'ai dit, je suis Caïn, » dit Amour-des-femmes. « À quoi bon le tuer ? C'est un honnête homme, lui — par comparaison. »

Je n'étais pas en train de discuter sur la morale des Paythans ; aussi, je mets la crosse du fusil d'Amour-des-femmes dans la figure de l'homme, et :

« Vite, au camp, » que je dis, « possible que ça soit l'assaut qui commence. »

Il n'y eut pas d'assaut, en fin de compte, malgré qu'on était resté l'arme à l'épaule à les attendre, histoire de voir venir. Le Paythan devait s'être amené seul, par malice ; et, au bout d'un moment, Amour-des-femmes retourna à sa tente avec ce drôle de tangage en demi-cercle dans la marche où je ne pouvais rien comprendre.

Pauvre bougre, je le plaignais, d'autant plus qu'il me fit penser, le reste de la nuit, au jour où j'avais été nommé caporal, où je ne faisais pas fonction de lieutenant encore et à un tas d'idées qui ne me valaient rien.

Vous comprenez, après cette nuit-là, on en vint à causer pas mal ensemble, et, petit à petit, ce que je soupçonnais se tira au clair. C'étaient tous ses mauvais coups, toutes ses canailleries qui lui retombaient dessus, lourd et dur, comme la boisson vous terrasse quand on n'a pas dessaoulé de huit jours. Tout ce qu'il avait fait, et lui seul aurait pu en faire le compte, tout cela lui revenait, et son âme ne trouvait plus un instant de repos. C'était la folie, la peur sans cause apparente, et pourtant — pourtant qu'est-ce que je raconte là ? Il aurait accepté la folie et dit merci encore. Au-delà des remords de cet homme, — ceux-là passaient déjà la résistance humaine et c'était affreux à voir ! — il y avait autre chose de pire que tous les remords. Sur les douzaines et douzaines de femmes qu'il revoyait dans sa tête (et de les voir passer toutes, cela le rendait fou), il y en avait une, voyez-vous, et ça n'était pas la sienne, dont l'idée lui fouillait comme un coup de couteau dans le vif des moelles. C'était cette fois-là, qu'il disait, cette fois-là qu'il avait jeté diamants et perles sans compter, et alors il recommençait, comme un *byle*[16] aveugle dans un moulin à huile, qui tourne toujours dans le même rond, à se dire (lui qui avait passé toute chance de connaître jamais le bonheur de ce côté-ci de l'enfer !) combien il aurait été heureux avec elle. Plus il y pensait, plus il se ressassait qu'il avait perdu la chance d'un bonheur épatant ; puis, il reprenait toute son histoire à rebours pour conclure en pleurant que rien, d'une façon ou d'une autre, n'aurait pu le rendre heureux jamais.

Des fois, des fois, et bien d'autres, sous la tente, à l'exercice, au feu aussi, j'ai vu cet

---

[16] Boeuf

49

homme-là fermer les yeux et rentrer le cou, comme on plongerait en voyant briller une baïonnette à hauteur d'œil. C'était alors qu'il me disait, c'était alors que la pensée de tout ce qu'il avait perdu se dressait devant lui et le brûlait comme un fer rouge. Ce qu'il avait fait aux autres, il le regrettait, quoique, au fond, ça lui était égal ; mais, cette femme dont je vous ai parlé, crénom de bleu ! elle lui fit, à elle seule, payer deux fois pour toutes les autres. Je n'aurais jamais cru qu'un homme pouvait endurer pareil tourment sans que le cœur lui éclate entre les côtes, et j'ai vu pourtant — Térence fit tourner lentement le tuyau de sa pipe entre ses dents — quelques sales moments dans ma vie. Eh bien ! tout ce que j'ai jamais souffert ne vaut pas la peine d'en parler à côté de *lui*... et que pouvais-je faire ? Des prières pour le deuil qu'il se faisait, autant lui offrir des petits pois en cosse !

Un beau jour, vint la fin de notre balade dans la montagne, et, grâce à moi, sauf excuse, il n'y eut au bilan ni gloire ni malheur. La campagne se tirait, et on rassemblait tous les régiments avant de les renvoyer chez eux. Amour-des-femmes se mangeait les sangs de n'avoir rien à faire, rien qu'à penser tout le temps. J'ai entendu cet homme-là causer à sa plaque de ceinturon, à ses montures de fusils, tout en les astiquant, rien que pour s'empêcher de penser ; et, chaque fois qu'il se levait après être resté assis, ou qu'il se remettait en marche, il partait avec cette ruade en manière d'embardée dont je vous ai parlé — ses jambes qui semblaient fiche le camp de tous côtés à la fois. Il ne voulait jamais voir le major, quoi que je lui dise. Il me jurait après du haut en bas en remerciement de mes conseils. Mais je savais qu'il n'était pas plus responsable de ce qu'il disait que le gosse du commandement de sa compagnie, et je laissais marcher sa langue, histoire de se soulager.

Un jour — c'était au retour — je me promenais par le camp avec lui, quand il s'arrête et frappe le sol du pied trois ou quatre fois d'un air de doute. Je dis : « Qu'est-ce que c'est ? » « C'est-il de la terre ? » qu'il dit. Je me demandais si sa tête s'en allait, quand voilà le major qui s'amène — il revenait d'anatomiser un bœuf mort. Amour-des-femmes veut partir au pas allongé et m'envoie un coup de pied dans le genou, pendant que ses jambes se préparent au mouvement de : En avant !

« Hé là, » dit le major ; — et la figure d'Amour-des-femmes, qui était toute grillée de petites rides, devint rouge brique.

« Garde à vous, » dit le major. Amour-des-femmes joignit les talons. « Maintenant, fermez les yeux, » dit le major. « Non, il ne faut pas vous tenir à votre camarade. »

« C'est fini, » dit Amour-des-femmes, en essayant de sourire. « Je tomberais, docteur, et vous le savez bien. »

« Tomber ! » que je dis. « Tomber au garde à vous avec les yeux fermés ! Qu'est-ce que tu veux dire ? »

« Le major le sait, » qu'il dit. « J'ai tenu bon tant que j'ai pu ; mais, nom de Dieu, je suis bien content que ce soit fini. L'ennui, c'est que je serai long à mourir, » qu'il dit, « très long à mourir. »

Je voyais, à l'air du major, qu'il avait pitié du pauvre diable, et de tout son cœur ; il lui ordonna l'hôpital. Nous revînmes ensemble, et j'en perdais la parole d'étonnement. Amour-des-femmes s'écroulait, s'émiettait à chaque pas. Il marchait, une main sur mon épaule, en pivotant sur le côté, tandis que sa jambe droite ramait comme un chameau boiteux. Et moi qui ne me doutais pas plus que les morts de ce qu'il avait. C'était tout à fait comme si un mot du docteur avait tout fait — comme si Amour-des-femmes n'avait attendu que ce mot pour se laisser aller tout à trac.

À l'hôpital, il dit au major quelque chose que je ne pus attraper.

« Cré matin ! » que dit le major. « Qu'est-ce que c'est que ces manières de donner des noms à vos maladies ? C'est contre tous les règlements. »

« Je ne serai plus soldat longtemps, » dit Amour-des-femmes de sa voix de monsieur. — Et le docteur fit un saut.

« Voilà un cas pour vous, docteur Lowndes, » qu'il dit.

C'est la première fois que j'ai entendu appeler un major par son nom.

« Adieu, Térence, » dit Amour-des-femmes. « Je suis un homme mort et sans le plaisir de mourir. Tu viendras me faire visite quelquefois, pour la plus grande paix de mon âme. »

Or, j'avais eu dans l'idée de demander à Crook de me reprendre au Vieux Régiment ; on ne se battait plus, et j'en avais plein le dos des gars du Tyrone et de leurs manières ; mais je changeai d'avis, je restai, afin d'aller voir Amour-des-femmes à l'hôpital. Comme je vous l'ai dit, Monsieur, l'homme me claquait dans la main en petits morceaux. Depuis combien de temps il se maintenait et se forçait à marcher droit, je n'en sais rien ; mais, à l'hôpital, moins de deux jours plus tard, c'est à peine si je pouvais le reconnaître. Je lui donnai une poignée de main ; il serra la mienne assez fort, mais ses mains à lui se promenaient partout à la fois, et il ne pouvait pas boutonner sa tunique.

« Je mettrai longtemps, longtemps encore à mourir, » qu'il dit, « le prix du péché ressemble à l'intérêt dans les caisses d'épargne régimentaires — c'est sûr, mais il faut un sacré temps avant de toucher. »

Le major me glisse, un jour, en douceur : « Est-ce que Tighe, là-bas, a quelque chose en tête ? » qu'il dit. « On croirait qu'il se ronge. »

« Comment pourrai-je savoir, Monsieur le major ? » que je dis, plus innocent qu'un ange.

« On l'appelle Amour-des-femmes dans le Tyrone, n'est-ce pas ? » qu'il dit. « Ma question était stupide. Restez avec lui autant que vous pourrez. Il se tient encore à votre force. »

« Mais qu'est-ce qu'il a, major ? » que je dis.

« On appelle cela Attaques-y Locomotive[17], » qu'il dit, « parce que, » qu'il dit, « cela nous attaque comme une locomotive, si vous savez ce que cela veut dire. Et cela vient, » qu'il dit en me regardant, « cela vient d'être appelé Amour-des-femmes. »

« C'est pour rire, major, » que je dis.

« Pour rire ! » qu'il dit. « Si jamais vous vous sentez dans votre brodequin une semelle de feutre au lieu du poil de vache du Gouvernement, venez me trouver, » qu'il dit, « et je vous ferai voir si c'est pour rire. »

Vous ne le croirez pas, Monsieur, mais ça et puis de voir Amour-des-femmes pincé tout à coup sans prévenir, tout ça me ficha une frousse si diabolique de l'Attaques-y, que, pendant plus d'une semaine, je m'en allai, me cognant les

---

[17] Jeu de mots intraduisible. Térence prononce Locomotrice Ataxis : Locomotrus attaks us.

doigts de pied aux pierres et aux souches pour le plaisir de sentir que ça faisait mal.

Et Amour-des-femmes demeurait là, couché sur son lit (y avait beau jour qu'il aurait pu descendre avec un convoi de blessés, mais il demanda à rester avec moi), et ce qu'il avait dans l'esprit lui pesait dessus de tout son poids nuit et jour, jour et nuit, à chaque heure, et il se ratatinait comme une portion de viande de bœuf au soleil, et ses yeux ressemblaient à des yeux de hibou, et ses mains n'obéissaient plus.

On remmenait les régiments un par un, la campagne étant finie, mais, selon l'habitude, tout marchait comme si jamais un régiment n'avait été déplacé de mémoire d'homme. Pourquoi ça, dites-moi, Monsieur ? On se bat, tout compte fait, ici ou là, neuf mois sur douze, dans l'armée. C'est ainsi depuis des ans et des ans, et on pourrait croire que, depuis le temps, ils auraient attrapé le truc de pourvoir à la troupe. Mais non ! On dirait chaque fois un pensionnat bousculé par un gros taureau rouge en allant à vêpres, et « Sainte Mère de Dieu, » que geint l'intendance, « et les chemins de fer, et les chefs de chambrée, qu'allons-nous devenir ? » L'ordre nous arriva de descendre, au Tyrone, au Vieux Régiment et à une demi-douzaine d'autres ; puis, c'était tout, les ordres se muselaient là. Nous descendîmes, par une grâce spéciale de Dieu — nous descendîmes, c'était par le Khyber, en tous cas. Il y avait des malades avec nous, et je me doute que plus d'un en mourut à force d'être secoué dans les *doolies*[18], mais ils ne demandaient qu'à mourir comme ça, pourvu qu'ils arrivent plus tôt vivants à Peshawer. Je marchais à côté d'Amour-des-femmes — on allait au pas de

---

[18] Litière.

route — et Amour-des-femmes n'était guère en train de continuer. « Si seulement j'étais mort là-haut, qu'il disait à travers les rideaux du *doolie.* » Puis, il se tournait les yeux, et rentrait le cou à cause des idées qui le bourrelaient.

Dinah était au Dépôt à Pindi, mais je ne m'emballais pas, car je savais bien que c'est juste au bas bout de la queue des choses que la chance peut tourner. Par exemple, j'avais vu un conducteur de batterie passer au trot en chantant : *« Home, sweet home ! »* à plein gosier, et sans faire attention à sa gauche, — j'avais vu cet homme tomber sous le canon au milieu d'un mot, et sortir derrière le caisson comme… comme une grenouille sur un pavé. Non, ce n'est pas moi qui me presserais ; pourtant, Dieu sait, mon cœur ne pensait qu'à Pindi. Amour-des-femmes vit ce que j'avais en tête, et : « Va, Térence, je sais ce qui t'attend. »

« Je n'irai pas, » que je dis, « ça peut tenir encore un bout de temps. »

Vous connaissez le coude de la passe devant Jumrood et la route de neuf milles en terrain plat qui mène à Peshawer ? Tout Peshawer se tenait là, jour et nuit, le long de cette route, à attendre des amis — hommes, femmes, enfants et musiques. Quelques troupes campèrent autour de Jumrood, et d'autres continuèrent sur Peshawer pour regagner leurs cantonnements.

Voilà que nous débouchons de la passe, le matin, à la première heure, après avoir veillé toute la nuit, et nous entrons, en pleine salade, au beau milieu de la mêlée. Sainte Mère de Dieu, oublierai-je jamais ce retour ? Le jour n'était pas encore tout à fait levé, et la première chose que nous entendons, c'est : *For 'tis my delight of a shiny night* par une musique qui nous prenait pour le deuxième bataillon du

Lincolnshire. Là-dessus on est forcé de gueuler pour se faire connaître, et quelqu'un lance *The wearing[19] of thé green*. Cela me mit des fourmis tout le long du dos rapport qu'on n'avait pas déjeuné. Puis, vlan ! dans notre arrière-garde, vient s'épater le restant des Jock Elliott's[20] avec quatre cornemuses et pas la moitié d'un kilt à eux quatre, jouant comme si leur vie en dépendait, et tortillant du râble comme des lapins, plus un régiment indigène hurlant : Au meurtre ! au feu ! Vous n'avez jamais rien entendu de pareil ! Il y avait là des hommes qui pleuraient comme des femmes — et, ma foi, je ne les en blâme pas ! Là où je n'y tins plus, ce fut de voir la musique des lanciers luisants et fourbis comme des anges, le cheval timbalier en tête, et les timbales d'argent, et tout, et tout, attendant leurs hommes qui

---

[19] Célèbre chanson irlandaise, d'ailleurs séditieuse.
[20] Régiment écossais.

venaient derrière nous. Ils commencèrent à jouer le galop de cavalerie, et, nom de Dieu ! ces pauvres régiments, qui ne comptaient pas un sabot valide par escadron, y répondent, et les hommes avec, qui titubaient en selle ! Nous tâchons de leur envoyer un hurrah au passage, mais il ne sortit qu'une espèce de grosse toux, moitié grognement, de sorte qu'il devait y en avoir beaucoup qui se sentaient comme moi. Oh ! mais j'oublie ! Les *Fly-by-night*[21] attendaient leur second bataillon, et, lorsqu'il parut, marchait en tête — la selle vide — le cheval du colonel. Les hommes l'adoraient ; on peut le dire. Il était mort à Ali-Musjid, en revenant. Ils attendirent jusqu'à ce que le reste du bataillon fût en vue et alors — contre toute espèce d'ordres, car je vous demande un peu qui avait besoin d'un air pareil, ce jour-là ? —

---

[21] Vole-la-nuit.

ils rentrèrent à Peshawer au pas d'enterrement, en jouant une marche funèbre à décrocher les entrailles à tous ceux qui entendaient. Ils passèrent juste devant notre front, et (vous connaissez leurs uniformes) noirs comme des ramoneurs, à leur pas lent de morts qui reviennent, pendant que les autres musiques les damnaient jusqu'à la gauche.

Ils s'en fichaient pas mal. Ils avaient le corps avec eux, et ils l'auraient mené de même à travers un couronnement. Nous avions l'ordre d'entrer dans Peshawer, et on allongea en dépassant les *Fly-by-night*, sans chanter, pour laisser cet air-là derrière. C'est ainsi qu'on prit la route des autres corps.

Les oreilles me tintaient encore lorsque je sentis dans mes os que Dinah venait ; j'entendis un cri, et alors je vis, dévalant sur la route, à tombeau ouvert, dans de l'écume et de la poussière, un cheval et un *tattoo*[22], et des femmes dessus. Je savais — je savais ! L'une, c'était la femme du colonel du Tyrone, la dame du vieux Beeker, ses cheveux gris au vent et sa grosse boule de carcasse qui roulait en selle, et l'autre, c'était Dinah, qui aurait dû être à Pindi. La dame du colonel charge la tête de notre colonne comme un mur de pierre, et fiche presque Beeker à bas du cheval, en lui jetant les bras autour du cou et bafouillant : « Mon gars ! mon gars ! » Dinah tourne à gauche et descend le long de notre flanc, et je lâche un hurlement qui avait souffert dans ma gorge depuis des mois, et… Dinah vint ! Pourrai-je oublier ça jamais tant que je vivrai ! Elle était venue de Pindi avec un sauf-conduit, et la dame du colonel lui avait prêté la tattoo.

---

[22] Poney.

Elles avaient passé la nuit à s'embrasser et à pleurer l'une contre l'autre. Elle avait mis pied à terre et elle marchait sa main dans la mienne, me faisant quarante questions pour une, et me suppliant de jurer sur la Vierge que je n'avais pas de balle dissimulée dans mon individu, quelque part,... on ne sait jamais. Je me souvins alors d'Amour-des-femmes. Il nous guettait, et sa figure était comme celle d'un diable qui a cuit trop longtemps. Je n'avais pas envie que Dinah le voie, car lorsqu'une femme déborde comme ça de contentement, la plus petite chose qui arrive dans la vie peut la toucher et du mal s'ensuivre. C'est pourquoi je tirai le rideau. Amour-des-femmes retomba en arrière en gémissant.

Quand on prit le pas pour entrer à Peshawer, Dinah alla m'attendre au quartier, et moi, plus fier qu'un empereur pour le moment, je continuai ma route afin de conduire Amour-des-femmes à l'hôpital. C'était le moins que je pouvais faire, et, pour lui épargner la poussière et l'étouffement, je fis prendre aux porteurs une route bien en dehors de celle des troupes. Nous allions ainsi, moi causant à travers les rideaux. Tout à coup je l'entends qui dit : « Laisse-moi voir. Pour l'amour de Dieu, laisse-moi voir. »

J'avais été si occupé à le garder de la poussière et à penser à Dinah, que je n'avais pas l'œil sur ce qui se passait autour de moi. Une femme à cheval nous suivait un peu en arrière ; et, comme j'appris en en recausant plus tard avec Dinah, cette même femme devait avoir poussé très loin sur la route vers Jumrood. Dinah me dit qu'elle rôdait depuis la veille comme un vautour sur le flanc gauche des colonnes.

Je fis faire halte au *doolie* pour écarter les rideaux, et elle nous devança, au pas, tandis que les yeux d'Amour-des-femmes la suivaient comme s'ils avaient voulu la haler bas de sa selle.

« Suivez ! » qu'il dit. C'est tout. Mais jamais, ni avant ni depuis, je n'ai entendu un homme parler avec cette voix-là ; et à ce mot-là seul et le regard qu'il avait, je compris que c'était là Diamants-et-Perles dont il m'avait parlé dans son tourment.

Nous suivîmes jusqu'à ce qu'elle tourne dans l'enclos d'une petite maison située près d'Edwardes Gate. Il y avait deux filles sous la verandah, qui rentrèrent en courant en nous voyant venir. En un clin d'œil j'avais vu quelle sorte de maison c'était. À la hauteur de la verandah, Amour-des-femmes dit, en reprenant haleine : « Arrêtez ici ! » Et alors, et alors, avec un han qui dut lui arracher le cœur du ventre, il se jette à bas du *doolie*, et, vrai comme je vous le dis, il reste debout sur ses pieds, tandis que la sueur lui coulait en ruisseaux du visage ! Si Mackie entrait ici en ce moment, je serais moins épaté qu'en voyant ça. D'où il avait tiré la force de le faire, Dieu sait — ou le diable, — mais c'était un homme mort qui marchait au soleil, avec la figure d'un homme mort et le souffle d'un homme mort, tenu droit par une force invisible, avec des bras et des jambes de cadavre qui allaient au commandement.

La femme se tenait debout sous la verandah. C'avait été une beauté, elle aussi, malgré ses yeux qui se renfonçaient dans sa tête, et elle regardait Amour-des-femmes d'un œil terrible.

« Eh bien, » qu'elle dit, en renvoyant d'un coup de pied la traîne de sa jupe. « Eh bien, » qu'elle dit, « qu'est-ce que vous faites donc ici, l'homme marié ? »

Amour-des-femmes ne répondit rien, mais un peu d'écume lui vint aux lèvres, qu'il essuya de la main ; et il regardait, elle et la peinture qu'elle avait sur le visage, il la regardait, la regardait, la regardait.

« Et pourtant, » qu'elle dit avec un rire... (Avez-vous entendu rire la femme de Raines quand Mackie est mort ? Non ? Tant mieux pour vous.) « Et pourtant, » qu'elle dit, « qui en aurait droit mieux que vous ? » qu'elle dit. « C'est vous qui m'avez appris la route, c'est vous qui m'avez montré le chemin. Oui, vous pouvez regarder, car c'est votre ouvrage, à vous qui avez dit — vous en souvenez-vous ? — qu'une femme qui trompait un homme pouvait en tromper deux. J'ai été cette femme, » qu'elle dit, « cette femme et un peu plus ; vous répétiez souvent que j'apprenais vite, Ellis. Regardez bien, car c'est moi qu'autrefois vous appeliez votre femme sous le regard de Dieu. » Et elle rit.

Amour-des-femmes se tenait immobile au soleil sans répondre. Puis, il gémit et toussa une fois, et je crus que c'était le râle de la mort, mais il ne détacha pas une minute son regard du visage de la femme, pas la durée d'un clin d'œil.

« Que faites-vous ici ? » qu'elle dit.

Puis, mot pour mot :

« Vous qui m'avez volé ma joie en mon homme, voilà cinq ans passés, qui avez brisé mon repos, tué mon corps et damné mon âme pour le plaisir de voir comment ça se faisait ? Vos aventures, plus tard, ont-elles jeté dans votre chemin une femme qui vous ait donné plus que moi ? Ne serais-je pas morte pour vous et avec vous, Ellis ? Vous savez cela au moins ! Si jamais âme qui meurt a vu vrai dans sa vie, vous savez cela. »

Et Amour-des-femmes redressa la tête et dit : « Je le savais. » Ce fut tout. Pendant qu'elle parlait, la Force le soutenait aussi droit qu'à la parade en plein soleil, pendant que la sueur dégouttait sous son casque. Mais ça devenait de plus en plus pénible pour lui de parler, et je voyais remuer sa bouche tordue.

« Que faites-vous ici ? » qu'elle dit. (Sa voix monta. C'était comme si les cloches sonnaient d'avance.) « Il y a un temps où les mots vous venaient vite, — vous dont la voix m'a traînée à l'enfer. Êtes-vous muet, maintenant ? »

Et Amour-des-femmes, retrouvant sa langue, dit simplement, comme un petit enfant :

« Puis-je entrer ? » qu'il dit.

« La maison est ouverte jour et nuit, » qu'elle dit avec un rire.

Et Amour-des-femmes baissa la tête et leva la main, comme s'il parait un coup. La Force était sur lui, toujours — elle continuait à le tenir debout, car, sur mon âme, si je dois la sauver jamais, il monta les marches de la verandah, il monta, oui, ce cadavre vivant à l'hôpital depuis un mois !

« Et maintenant ? » dit-elle en le regardant : — et les ronds de peinture rouge se détachaient sur le blanc de son visage comme une mouche sur une cible.

Il leva les yeux lentement, très lentement, et il la regarda longtemps, très longtemps ; puis il parvint à dire entre ses dents, d'un effort qui le secoua tout entier :

« Je meurs, Égypte[23] — je meurs, » qu'il dit.

---

[23] « I am dying, Egypt » — *Antoine et Cléopâtre*. Shakespeare.

Oui, ce sont ses propres paroles, car je me souviens du nom qu'il lui donna. Il prenait la couleur de la mort, mais ses yeux ne bougeaient pas. Ils étaient rivés — rivés sur elle. Sans parler ni prévenir, elle ouvrit tout grands les bras et dit :

« Ici ! » (Oh, quelle voix d'or de miracle c'était !)

« Meurs ici ! » qu'elle dit. Et Amour-des-femmes tomba la tête en avant, et elle le soutint, car c'était une grande belle femme.

Je n'eus pas le temps de détourner la tête, car, à cette minute, j'entendais l'âme de mon camarade qui le quittait — son âme arrachée dans le râle de la mort ; la femme l'étendit sur une chaise longue et me dit : « Monsieur le soldat, » qu'elle dit, « ne voulez-vous pas attendre et causer avec une de ces demoiselles ? Le soleil lui a fait mal. »

Je savais bien que, de soleil, il n'en reverrait jamais, mais je ne pouvais pas parler, de sorte que je m'en allai, avec le *doolie* vide, à la recherche du docteur. Il n'avait fait que déjeuner et redéjeuner depuis qu'on était rentré, et il était plein comme une tique.

« Mâtin, vous êtes saoul rien de bonne heure, » qu'il dit quand je lui racontai la chose, « pour avoir vu cet homme-là marcher. À part un souffle ou deux de vie, c'était un cadavre avant de quitter Jumrood. J'ai grande envie, » qu'il dit, « de vous fiche dedans.

« Il n'y a pas mal de boisson qui court en ce moment, Monsieur le major, » que je dis, sérieux comme un œuf dur. « Ça se peut, comme vous dites, mais si vous voulez bien venir voir le cadavre dans la maison… »

« C'est dégoûtant, » qu'il dit, « de me demander de mettre les pieds dans un endroit pareil. Est-ce une jolie femme ? » qu'il dit.

Et là-dessus, il se trotte avec moi au pas gymnastique.

Je vis tout de suite qu'ils étaient encore tous deux sous la verandah où je les avais laissés, et je compris, à la manière dont pendait sa tête, à elle, et au bruit des corbeaux, ce qui était arrivé. C'est la première et dernière fois que j'ai vu une femme se servir de pistolet. Elles craignent le plomb, en général, mais Diamants-et-Perles, elle, n'avait pas peur, non pas !

Le major toucha la longue chevelure noire (elle était toute tombée sur la tunique d'Amour-des-femmes), et ça le dégrisa pour de bon. Il resta longtemps à regarder, les mains dans ses poches ; et, à la fin, il me dit : « Voici une double mort pour causes naturelles, tout ce qu'il y a de plus naturelles ; et, en l'état présent de choses, le régiment sera reconnaissant d'avoir une fosse de moins à creuser. *Issiwasti*,[24] » qu'il dit, « *issiwasti,* fusilier Mulvaney, ces deux-là seront enterrés ensemble, dans le cimetière civil, à mes frais ; et puisse le bon Dieu, qu'il dit, en faire autant pour moi quand viendra mon heure. Retourne auprès de ta femme, » qu'il dit. « Va prendre du bon temps. Je m'occuperai de tout ça. »

Je le laissai qu'il réfléchissait encore. Ils furent enterrés ensemble au cimetière civil, avec service et pasteur. Il y avait alors trop d'enterrements pour qu'on fit des questions, et le docteur — il s'est sauvé avec la femme du major — du major Van Dyce, la même année — s'occupa de tout, en effet. Les torts ou les raisons d'Amour-des-femmes et de Diamants-

---

[24] C'est pourquoi.

et-Perles, je n'en ai jamais rien su, ni n'en saurai rien jamais ; mais c'est leur histoire que je vous ai racontée, comme elle me revenait — par pièces et morceaux. Or, valant ce que je vaux, et sachant ce que je sais, voilà pourquoi je dis, dans cette affaire d'aujourd'hui, que Mackie, tout mort et damné qu'il est, c'est encore le plus heureux. Il y a des fois, Monsieur, où mieux vaut pour l'homme de mourir que de vivre et, par conséquent, pour la femme quarante millions de fois mieux.

— Houp ! dit Ortheris. Il est temps de partir.

Les témoins et la garde s'alignèrent dans l'épaisse poussière blanche du crépuscule altéré, firent par le flanc et s'en allèrent au pas de route, en sifflant. Le long du chemin, jusqu'au tournant de l'église, j'entendis Ortheris, le crime noir du Livre parjuré tout frais encore sur les lèvres, qui scandait comme un fifre, avec un beau sentiment de l'à-propos des choses, le pas redoublé bien connu :

> *Oh, do not despise the advice of the Wise,*
> *Learn wisdom from those that are older,*
> *And don't try for things that are out of*
> *your reach*
> *An' that's what the Girl told the Soldier !*
> *Soldier ! Soldier !*
> *Oh, that's what the Girl told the Soldier !*

(Ah ! ne méprisez pas les avis des plus sages,
Apprenez la sagesse des aînés,
N'étendez pas la main plus loin que ne pouvez...
Voilà ce qu'au soldat dit son Amie !
Soldat ! Soldat !
Oh ! voilà ce qu'au soldat dit son Amie !)